L'UNION D'OCCIDENT

POÈME ÉPIQUE

SUR LA

GUERRE D'ORIENT

DEPUIS SON ORIGINE JUSQU'A LA PAIX.

Par Honoré Cannau
Cloutier au Pont-de-Pierre, faubourg de Mézières;

SUIVI D'UN

RECUEIL DE CHANTS GUERRIERS

Par le même Auteur, sur le même sujet.

MÉZIÈRES
TYPOGRAPHIE LELAURIN-MARTINET, RUE BAYARD.

1856

L'UNION D'OCCIDENT

POÈME ÉPIQUE

SUR LA

GUERRE D'ORIENT

DEPUIS SON ORIGINE JUSQU'A LA PAIX.

Par Honoré Cannau

Cloutier au Pont-de-Pierre, faubourg de Mézières;

SUIVI D'UN

RECUEIL DE CHANTS GUERRIERS

Par le même Auteur, sur le même sujet.

MÉZIÈRES

TYPOGRAPHIE LELAURIN-MARTINET, RUE BAYARD.

1856

AVANT-PROPOS.

Pénétré de la faiblesse de mes lumières, je n'ai pas eu l'intention, en composant cet ouvrage à la gloire des braves de l'armée d'Orient, de rapporter tous les épisodes de cette guerre mémorable; je n'ai fait qu'énumérer les principaux faits, en suivant la marche des événements, tantôt en Crimée, tantôt sur la Baltique, selon la version la plus véridique des journaux.

J'ose espérer que l'indulgence du lecteur me pardonnera les fautes qui se sont glissées dans cet ouvrage : pauvre ouvrier que je suis, sans études, atteint d'une cécité presque complète, il est facile de juger des imperfections du style. Cependant j'ai la confiance que cet opuscule, que des personnes bienveillantes m'ont déterminé à publier, sera accueilli par ceux qui aiment et recherchent la gloire de la patrie. Puisse-t-il être agréable au public; tel est mon désir le plus sincère.

Je soussigné, docteur en médecine, certifie que les deux frères CANNAU, cloutiers, sont atteints d'une amorôse, l'un de naissance, l'autre datant de vingt années, voyant à peine pour se conduire; que chez l'un d'eux (HONORÉ), il s'y joint un état strabique de l'œil gauche très-prononcé.

Mézières, le 13 avril 1856.

A. TOUSSAINT.

Vu pour légalisation de la signature de M. Toussaint, chirurgien en chef de l'hôpital de Mézières, y demeurant.

Le Maire,

Le Cte de JAUBERT.

Le Maire de Mézières, certifie que le sieur CANNAU (HONORÉ), domicilié en cette ville depuis plusieurs années, est d'une excellente conduite, ainsi que son frère et son père, avec lesquels il vit en commun.

Que la misère de ces trois personnes est d'autant plus profonde, que la profession de cloutier à la main, peu lucrative pour des ouvriers vigoureux, est d'un produit très-infime pour ces trois personnes, dont l'une est affaiblie par l'âge, et les deux autres atteintes d'une cécité presque complète.

Mézières, le 14 avril 1856.

Le Cte de JAUBERT.

L'UNION D'OCCIDENT.

LIVRE PREMIER.

Qui chantera ta gloire, illustre et belle France?
Je vois ton noble front rayonner d'espérance,
Offrant aux yeux du peuple un spectacle imposant,
Comme un phare d'honneur, pur et resplendissant.
Ainsi tu vas paraître au sein de la Russie,
Pour éblouir le Czar, rassurer la Turquie;
Tu vas avec l'Anglais apprendre à l'univers,
Que tu veux maintenir la liberté des mers.
Parais, lève les yeux, contemple la Victoire
S'élevant dans les airs pour annoncer la gloire
De tes nobles enfants et de ceux d'Albion,
Qui sauront triompher, près des rives du Don,
Du pouvoir orgueilleux de l'autocrate russe,
Qui fait trembler l'Autriche et la timide Prusse,
Méditant en secret quel sera le destin
De ce fameux empire, ou du grand Czar enfin.

Tel qu'un loup ravissant, dans une bergerie,
S'empare des brebis et leur ôte la vie,
Tel veut donc Nicolas de l'empire Ottoman
Anéantir la Porte et les droits du Sultan.
Le Sultan jette un cri, temoigne ses alarmes,
L'Europe est ébranlée, le guerrier court aux armes;
La France et l'Albion veulent sauver l'honneur
De l'empire Ottoman et de son Empereur.

Déjà l'air s'obscurcit de sinistres nuages,
De lugubres éclairs présagent des orages;
Le ciel est en courroux, puis éclate soudain,
D'où part un son perçant, grondant dans le lointain.
De l'oiseau de la mort, précurseur de la guerre,
Le cri fait tressaillir les peuples de la terre;
Pour l'âme du guerrier, le cri du champ de Mars
Annonce des lauriers, la gloire et ses hasards.
Le grand Czar l'entendit, ce cri vibrant, funèbre;
Déjà son sang frémit.... et cet orgueilleux cèdre
Invoque l'olivier, symbole de la paix,
De ses tendres rameaux à couvrir ses forfaits.
C'en est fait, Mars l'ordonne, et la cruelle Parque
Vient fixer près de lui Caron avec sa barque.
Le cor se fait entendre, invitant le guerrier
A suivre au champ d'honneur Hamelin et Napier.
Ces courageux marins bravent l'onde en furie,
Pour confondre l'orgueil du Czar de la Russie,
Qui déjà veut s'orner, aux yeux de l'Occident,
Du titre fastueux d'Empereur d'Orient!

Lève les yeux, ô Czar, vers cette noble France,
Contemple ses guerriers, vrais types de vaillance;
Ces valeureux enfants, avec ceux d'Albion,
Sauront bien mettre un frein à ton ambition.
Et l'aigle avec fierté, dans son ardeur guerrière,
Guidera le coursier dans la noble carrière
Des Turenne, Condé, Montmorency, Bayard,
Des Saxe, Catinat, Vendômes et Villars.
Et Saint-Arnaud aussi saura suivre leur gloire,
En prenant le sentier tracé par la victoire
Des Ney, Lannes, Duroc et Poniatowsky,
Des Neufchâtel, des Soult, Macdonald et Grouchy.
Sa prudence sera l'égide tutélaire
Qui saura diriger l'arène militaire;
Et nos braves guerriers verront dans Saint-Arnaud
Un digne successeur de l'immortel Bugeaud!
En héros noble et fier, pour couronner l'arène,
Le prince Bonaparte apparaît sur la scène;
Sa présence au combat, de l'élu des Français
Soutiendra le grand nom et la gloire à jamais!

Souviens-toi bien, ô Czar, qu'en sauvant la Turquie,
Nos valeureux soldats sauront, dans la Russie,
Venger leurs frères morts près de la Moscowa,
Et les nobles martyrs de la Bérésina!
En vain, dans ta fierté, tu voudras de nos braves,
Au noble champ d'honneur, en faire tes esclaves :
Notre fier étendard viendra former l'écueil
D'où mille boucliers briseront ton orgueil.

Et pour hâter ce jour une nation guerrière
Paraît organiser une phalange fière :
Enfants de Stanislas, les braves Polonais,
Que tu voulus flétrir par tes lâches forfaits.
Ils désirent marcher et combattre avec zèle
Sous l'emblême guerrier du nouveau Marc-Aurèle ;
Se rappelant toujours le grand Napoléon,
Et disant, en leur cœur, anathème à ton nom.

Tu viens d'entendre, ô Czar, la sentence fatale !
Crains d'éprouver l'échec des plaines de Pharsale.
Déjà nos preux soldats sont sous ton ciel glacé,
Pour soutenir les droits du Sultan menacé.
Le valeureux Napier vogue sur la Baltique,
Étalant à tes yeux l'escadre magnifique,
Qui vient avec honneur apprendre à l'Orient
Que tu dois respecter l'Union d'Occident.
En vain, dans ton orgueil, tu veux paraître même
De la religion le pontife suprême ;
En vain tu dis à tous : Mon but est religieux,
Je veux de l'Alcoran préserver les Saints-Lieux.
Le peuple européen connaît l'hypocrisie
Dont tu sais te couvrir pour ravir la Turquie.
Mais voici ses vengeurs ; ils vont par leurs boulets
Déjouer pour toujours tes iniques projets.
Déjà les Ottomans, des murs de Silistrie,
Annoncent leur victoire à la France chérie ;
La gloire et les hauts-faits du brave Omer-Pacha,
Triomphant sous les yeux des vainqueurs d'Odessa.

Et tu verras un jour les peuples de la terre
Chanter avec ardeur la France et l'Angleterre,
Disant avec amour : Gloire à Napoléon!
Rendons aussi louange aux enfans d'Albion.
Ton nom sera flétri, censuré dans l'histoire;
Mais le digne Sultan relèvera sa gloire,
Et les Anglo-Français verront avec fierté
Leurs nobles noms écrits dans l'immortalité!....

LIVRE DEUXIÈME.

O toi qui de mes vers rends le style agréable,
Muse! redis-moi donc le spectacle admirable
Qui rappelle en ce jour ce qu'on vit autrefois,
Sous les yeux de Priam, la Grèce avec ses rois,
Réunis pour venger d'Hélène l'innocence,
Dont le lâche Pâris, conduit par la licence,
Vint, au mépris des lois, flétrir cette nation,
Qui causa le tombeau de l'antique Illion.
Guide par ton secours ma plume téméraire,
Fais paraître à mes yeux l'arène militaire,
Et dis-moi des guerriers la gloire et les hauts-faits,
Afin de célébrer leur victoire à jamais.
Fais briller sur leurs fronts cette belle auréole,
Qui vint couronner l'aigle et le drapeau d'Arcole;
Rends ce spectacle beau, magnifique et touchant,
Envers toi je serai toujours reconnaissant.

Non, ce n'est point assez, le Czar, dans son audace,
Veut atteindre à tout prix la hauteur du Parnasse;
De là, dans sa fierté, s'élevant jusqu'aux cieux,
Il se croit désormais seul maître en ces bas lieux.
Dans son fougueux délire il se croit un Antée,
Dominant l'univers, réglant sa destinée;
Il croit déjà régir la terre par ses lois,
Être le Souverain des peuples et des rois.
Pourquoi donc ces apprêts? dit-il avec emphase;
Croyez-vous de mon trône anéantir la base?
Je ne redoute point tous vos efforts jaloux :
Mortels audacieux, évitez mon courroux.
Mes cosaques guerriers, mes courageux Tartares,
Réduiront au néant vos amorces barbares;
Et, foi de Nicolas! je vaincrai le Sultan,
Fut-il Hercule, Ajax, Jupiter ou Titan.

Peuples de l'univers, entendez l'autocrate,
Qui voudrait se couvrir du manteau de Socrate.
Tel est donc l'argument de cet orgueilleux Czar,
Qui croit déjà sur vous gouverner en César.

Où va donc ton orgueil, ô Czar de la Russie?
Crois-tu sur le Sultan assouvir ton envie?
Arrête, déloyal; ô vil usurpateur!
Crois-tu du cèdre altier atteindre la hauteur?
Ne prétends pas ternir, d'une main téméraire,
De l'empire Ottoman la gloire militaire.
Déjà, de toutes parts, contre ton cœur hautain,
S'élèvent mille voix excitant par l'airain

Princes et souverains, tant sur mer que sur terre,
A suivre au champ de Mars la France et l'Angleterre,
Réunies pour sauver l'honneur de l'univers,
Que tu voudrais flétrir par tes desseins pervers.

Tout s'ébranle et s'agite ; à cette voix sonore
Le guerrier courageux revoit enfin éclore
L'invincible Renaud et le vaillant Dudon,
Suivant avec ardeur Godefroi de Bouillon.

Le brave Suédois se rappelle la gloire
Qui fit briller son nom au jour de sa victoire ;
Toujours il croit revoir Charles dans sa splendeur,
Aussi contre le Czar montre-t-il de l'ardeur.
Le Danois, à son tour, en livrant le passage,
A nos fiers bataillons vient aussi rendre hommage ;
Il voit avec bonheur le pavillon anglais
Adapter ses couleurs à celles des Français.
Et toi, vaillant Schamyl, toujours brave, intrépide,
De ton peuple opprimé tu redeviens l'égide ;
Valeureux Circassien dont le Tasse a chanté
Jadis, avec ardeur, l'audace et la fierté,
Tu veux, contre le Czar, exercer ta vaillance,
Afin de rétablir ta fière indépendance.
Tu vois autour de toi ces montagnards fameux,
Au regard fier, ardent, farouche et belliqueux.
Dans son isolement, la nation polonaise
Fonde son espérance en la valeur française ;
Elle suit de ses yeux l'Union d'Occident,
Qui va briser l'orgueil du tyran d'Orient.

Déjà dans la Finlande, évitant le naufrage,
L'intrépide Napier navigue avec courage ;
Le brave Parceval, son émule en valeur,
Sur la mer en courroux rivalise d'ardeur.
Et bientôt les échos, au son de la trompette,
Sur les îles d'Aland proclament leur conquête!
Et l'on entend la voix des braves Finlandais
Célébrant à l'envi leurs étonnants hauts-faits!
Suivez, vaillants soldats, ce beau jour de victoire,
Qui va ceindre vos fronts d'une nouvelle gloire ;
Elevez l'étendard, excitez votre ardeur,
Afin de mettre un frein au Czar perturbateur.

Déjà de Bomarsund, la tour inaccessible,
Par les Anglo-Français éprouve un choc terrible ;
Pliant sous ses efforts, elle suit le destin
Jadis du chêne altier tombant de l'Appenin.
Voyant son bouclier au pouvoir de nos braves,
La ville et ses faubourgs se déclarent esclaves ;
Envers les preux vaincus nos courageux guerriers
Admirent le beau trait de Baraguay-d'Hilliers :
Ce héros généreux, dans sa noble pensée,
Remet au général sa valeureuse épée !
Et la France aspirante, au début de ses vœux,
Voit l'Europe applaudir à ces faits glorieux.
Que penses-tu, grand Czar, de ces fleurs immortelles?
Elles sont pour ton cœur des épines cruelles,
Qui, de ta capitale aux bords de la Wilna
Annoncent les vengeurs de la Bérésina.

A partager la gloire où son honneur l'entraîne,
L'Autriche est sur ce point indécise, incertaine.
Est-ce donc la raison, la crainte ou le respect
Qui rend de son pouvoir le système suspect?
Elle suit de ses yeux le mouvement rapide :
Voyant de nos guerriers la valeur intrépide,
Alors en Valachie elle pénètre enfin;
Veut-elle aussi du Czar décider le destin?
Et que dire de toi, Prusse pusillanime?
Tu dois en ce grand jour paraître magnanime,
Et suivre avec honneur l'Union d'Occident,
Pour soutenir les droits des peuples d'Orient.
Courage, un jour viendra, le temple de mémoire,
Près du grand Frédéric fera briller ta gloire.
Lève-toi, ne crains pas, va te joindre aux guerriers
Qui couronnent leurs fronts de fleurs et de lauriers.

L'illustre Saint-Arnaud, dont la France s'honore,
Agit avec prudence au-delà du Bosphore;
Le généreux vainqueur du brave Abd-El-Kader,
Vient avec ses guerriers franchir le Niéper;
Hamelin et Dundas, en fendant la mer Noire,
Ouvrent à leurs désirs le sentier de la gloire.
Rien n'arrête l'ardeur de ces nobles enfants,
Qui veulent triompher des Russes intrigants!
O plaine de Warna, quel spectacle admirable
Te fait voir en ce jour l'Union formidable!
Là, le bruit du tocsin annonce le combat,
Et mille boucliers brillent avec éclat;

Les panaches flottants et les nobles bannières
Répandent dans les airs des rayons de lumières;
Le guerrier plein d'ardeur, le coursier hennissant
Rendent cet appareil sublime et saisissant.
Le sage général, la main sur son épée,
Ordonne à ces héros la descente en Crimée,
Et vers Sébastopol il tourne l'étendard,
Pour soumettre à ses lois ce trop fier boulevard.

Brûlant du zèle ardent de venger sa patrie,
Le brave Omer-Pacha lutte avec énergie;
Excitant ses guerriers par sa bouillante ardeur,
Au sein des ennemis il répand la terreur.
Invincible héros, chéri de la victoire,
Entrant dans Bucharest, tu fais briller ta gloire;
Tu viens, par ta valeur et tes nobles exploits,
De l'empire Ottoman reconquérir les droits.
Le Danube lui-même, éprouvant ta puissance,
Retrouve dans son cours sa fière indépendance;
Le Russe évacuant, fait place à l'Autrichien,
Qui seconde ton zèle en dépit du Prussien.
Noble Sultan, contemple, et plus encore, admire
Cet illustre guerrier, l'angle de ton empire,
Défenseur courageux, prudent, brave et loyal,
Qui voit avec bonheur l'emblème impérial,
Guidant nos fiers soldats sur la mer en furie,
Et dirigeant leurs pas vers les côtes d'Asie.
L'onde gronde et murmure au son mélodieux
Qui trouble le repos des airs silencieux;

Elle entend retentir les échos du rivage,
Célébrant à l'envi l'héroïque courage,
Qui sur Sébastopol dirige enfin l'écueil
Qui doit briser sa gloire et son antique orgueil.

Le Czar de son palais entend l'arrêt sévère;
Son cœur hautain frémit de rage et de colère :
Il joue dans sa fureur le rôle d'un Néron,
Sans rougir du manteau de ce prince félon.
Ce cruel empereur, au sein de sa patrie,
D'un vandalisme affreux ne craint point l'incendie ;
Il sourit en voyant l'implacable destin
Secondant les efforts d'un nouveau Rostopchin.
Superbe potentat, par ce décret sauvage,
Au seul Dieu tout-puissant tu prétends rendre hommage;
Soi-disant protecteur de la religion,
Tu ne vis que de haine et d'ostentation :
Crains que par nos canons la vengeance divine
N'aille de ton empire ébranler la racine;
Car de ton jugement l'arrêt est prononcé,
Et de Sébastopol le sort est décidé !
En vain les éléments font gronder sur leurs têtes,
Du terrible aquilon les sinistres tempêtes ;
En vain dans leur fureur ils forment des complots
Pour lancer à jamais nos braves dans les flots.
Tout cède à leur courage, et la flotte navale
Poursuit avec fierté sa marche triomphale,
Pour imiter Auguste au combat d'Actium,
Et garder l'univers sous son palladium.

Répondant à nos vœux, la fière Circassie
Vient enfin de briser le joug de la Russie.
L'intrépide Schamyl, armé du fer vengeur,
Porte le coup mortel à son vil oppresseur :
Au combat de Tiflis, secondant son courage,
Il sème dans le camp la mort et le carnage;
De son bras redoutable, et comme un autre Argant,
Il se montre partout terrible et menaçant.
Le héros circassien poursuivant sa victoire,
Entend dans le lointain l'écho de la mer Noire,
Annonçant nos guerriers près de Sébastopol,
Où l'aigle glorieuse arrêtera son vol.
Le jour alors avait fait place aux sombres voiles,
Nos vaisseaux reflétaient mille feux des étoiles;
Le guerrier se livrant aux douceurs du sommeil,
Se repose, attendant du tocsin le réveil!.....

LIVRE TROISIÈME.

Dès que le jour paraît, la trompette sonore
Annonce à nos héros qu'une brillante aurore
Vient par ses doux rayons et ses vives splendeurs,
Enivrer le guerrier de ses nobles ardeurs.
Le soleil radieux de la voûte azurée
Dardait de ses rayons la terre de Crimée;
L'onde resplendissait de ses traits lumineux,
Et sa phosphorescence en reflétait les feux;

Les habitants ailés, d'une voix douce et pure,
Célébraient dans leurs chants l'auteur de la nature :
Le guerrier contemplait ce spectacle si beau,
Puis de son bouclier se revêt de nouveau.
Le sage Saint-Arnaud, de ce jour salutaire
Prévoit avec bonheur l'étoile tutélaire,
Qui va des alliés illustrer les couleurs,
Et couronner leurs fronts de lauriers et de fleurs.
Le valeureux Raglan et le duc de Cambridge,
Au problème hasardeux ne voient plus de prestige;
Hamelin et Dundas ont enfin surmonté
Le terrible trident de Neptune irrité.
Près d'Eupatoria, la flotte formidable,
Au prince Menschikoff se montre redoutable :
Il pâlit en voyant le fier Napoléon
Arborer à ses yeux l'emblème de son nom.
Le vaillant Canrobert, en terrible adversaire,
Lui paraît disputer la gloire militaire :
Il voit dans ces guerriers des fiers Léonidas,
Qui sauront tenir tête au fameux Nicolas.

Dans l'ardeur de ses vœux, l'escadre combinée
Entrevoit le succès des plaines de Placée ;
Abordant sans effort sur ce beau littoral,
Du nouvel Aristide elle attend le signal.
Le sage général, dans cette vive attente,
Adresse à ses guerriers, d'une voix éloquente,
Un discours plein de feu, qui les remplit d'ardeur,
Au moment de paraître au noble champ d'honneur.

Invincibles héros, enfants de la victoire,
Voici les champs fleuris des palmes de la gloire ;
Allez donc les cueillir en guerriers courageux :
Couronnez-en vos fronts déjà si radieux.
Préparez-vous, enfants, l'univers vous regarde,
De l'honneur menacé soyez la sauvegarde ;
Sachez donc à ses yeux illustrer votre nom,
Dieu guidera vos pas : Vive Napoléon !

Il dit : au même instant, la trompette guerrière
Du noble Champ-de-Mars vient ouvrir la carrière :
Tout s'ébranle et s'émeut aux bords de la Katcha,
Le canon retentit des hauteurs de l'Alma.
Du brave Canrobert la redoutable épée
Engage sur ce sol une lutte acharnée ;
L'impitoyable Parque excite les guerriers,
Et le ciel s'obscurcit de leurs traits meurtriers.
Malgré l'intensité du feu, de la mitraille,
Le brave Poitevin, au fort de la bataille,
Parvint par son courage au sommet du plateau,
Et meurt..... en arborant son glorieux drapeau.
Les Russes étonnés voient briser leur barrière,
Et leur camp retranché roule dans la poussière ;
L'air retentit des cris des guerriers expirants,
Et le sol est jonché de leurs membres sanglants ;
Du sommet de l'Alma, nos invincibles aigles
Protégeaient nos héros à l'ombre de leurs ailes.
Le prince Bonaparte, au courage martial,
Soutient avec éclat l'honneur impérial.

Secondé de Raglan dans ce jour de victoire,
Au prince Menschikoff il dispute la gloire :
Guerrier incomparable, il imite l'ardeur
Du grand Napoléon au jour de sa splendeur.
Les braves Ottomans, sans craindre le carnage,
Sous le vaillant Bosquet font valoir leur courage ;
Enfin tous ces guerriers rendent par leurs hauts-faits
Le plateau de l'Alma mémorable à jamais.

L'immortel Saint-Arnaud, à cette heure sublime,
Aux yeux des alliés parut grand, magnanime ;
Car malgré ses douleurs, sa rare fermeté
Fait paraître au combat un généreux Condé !
Ses guerriers contemplaient son courage admirable,
Que soutenait sans cesse une âme imperturbable.
Lord Raglan secondant le vainqueur de l'Alma,
Cerne Sébastopol et prend Balaklava.
A ce jour radieux de gloire et d'espérance,
Succède un jour de deuil pour notre belle France :
L'illustre général, respecté des boulets,
Expire au sein des mers, emportant nos regrets !
Près de Sébastopol il ferme la paupière,
Terminant en héros sa brillante carrière ;
Couronné de lauriers et le front radieux,
Ce vertueux guerrier franchit l'azur des cieux.
Tel qu'on voit un flambeau dont la lueur mourante
Répand une clarté plus vive et plus brillante,
Tel aussi Saint-Arnaud à ses derniers instants
Fait reflèter la gloire au sein des combattants.

Couronné de succès en ce jour mémorable,
L'aigle avec majesté vers le fort redoutable
Dirige de nouveau les vainqueurs de l'Alma,
Emules des enfants d'Austerlitz, d'Iéna.
Le vaillant Canrobert, héritier de la gloire
Du brave Saint-Arnaud d'éternelle mémoire,
Et l'illustre Raglan dressent leurs pavillons
Devant Sébastopol hérissé de canons.
Ce formidable écueil qui brave la Turquie,
Secondant les desseins du Czar de la Russie,
Oppose un front d'airain à nos braves guerriers,
Et semble se râiller de leurs fiers boucliers.
Malgré ses forts altiers, menaçants et rebelles,
Bientôt le canon gronde autour des citadelles ;
Leurs boulets lumineux en sillonnant les airs,
Reflètent sur ses murs mille feux, mille éclairs!
Nos valeureux marins bravant l'onde en furie,
Unissent leurs efforts à notre artillerie;
De la mer en courroux ces courageux enfants
Evitent les écueils sous les flots impuissants.
Bientôt à leurs regards une épaisse fumée
S'élève en serpentant vers la voûte étoilée,
Indice trop certain que les forts orgueilleux
Frappent déjà les airs en tourbillons de feux.

Alarmé du succès, le Czar de la Russie
Au prince Menschikoff témoigne sa furie :
Il faut vaincre, dit-il, l'Union d'Occident,
Et ternir à tout prix sa gloire en Orient.

Il dit : l'arrogant Czar lance l'édit sévère;
L'orgueilleux Liprandi secondant sa colère,
Voit déjà couronner ses exploits, sa valeur,
En suivant Alemberg dans sa bouillante ardeur.
Envisageant la guerre avec ses nobles charmes,
Ils croient brider l'essor de nos premières armes
Ce désir effréné sans cesse les poursuit,
Et vers Balaklava leur ardeur les conduit.
Débutant sur les Turcs leur valeur téméraire,
Ils rencontrent bientôt l'égide tutélaire
Des fiers Anglo-Français, soutenant le combat
Des guerriers du Sultan avec un vif éclat.
Eprouvant des Anglais une leçon terrible,
Ils lancent en fuyant un regard irascible,
Jurant de se venger de ces nobles enfants,
Couronnant les efforts des braves Ottomans.

Dans un étroit vallon, au sein d'une nuit sombre,
Les Russes en fureur viennent surgir dans l'ombre :
Coursiers et fantassins d'un aspect belliqueux,
Sur le sol d'Inkermann se déroulent nombreux.
Les valeureux Anglais, oubliant la prudence,
Se virent tout-à-coup surpris dans le silence.
Alors le clairon sonne, éveillant le guerrier
Qui s'élance aussitôt sur son fameux coursier.
Sans calculer le nombre ils affrontent l'orage,
Semant partout l'effroi, la mort et le carnage.
Mais, suivis de renforts, les Russes arrogants
Écrasent sous leurs pieds ces courageux enfants.

Le sang coule à grands flots.... L'Anglais est impassible ;
Il redouble d'ardeur, le choc devient terrible.
Vains efforts ! il fléchit ; et le brave soldat
Se sent enfin frappé par le fer du combat.
L'ennemi s'élançant sur la cavalerie,
En disperse les rangs par son artillerie.
L'intrépide Raglan ranime leur vigueur
Et soutient le combat avec plus de fureur.
Mais le vaillant Cathcart roule dans la poussière,
Stranweys, en expirant, illustre sa carrière ;
Ces braves généraux, dignes de Wellington,
Ont de Marleborough rappelé le grand nom.
Blessé dans le combat, le prince de Cambridge
Surpasse ces héros, en valeur, en prodige!
Ne pouvant soutenir ce choc impétueux,
Raglan fait aux Français un appel généreux.

Vigilant Canrobert, ton émule en vaillance
Réclame le secours des enfants de la France!
Hâte ta prévoyance, ô généreux guerrier,
Fais briller dans leurs rangs ton noble bouclier.
Déjà les preux chasseurs, les invincibles zouaves,
Partent comme l'éclair au secours de ces braves.
L'intrépide Bosquet, fier de ce noble choix,
Sur le sol d'Inkermann fait entendre sa voix.
Héros du champ de Mars, vos efforts magnanimes
Attirent les regards de nos aigles sublimes ;
Enfants du grand Alfred, dignes de sa valeur,
Espérance et courage, et suivez votre ardeur.

Il dit : et dans les airs retentit la trompette.
Ces types de guerriers, baissant la baïonnette,
Poursuivent dans les reins les Russes effrayés,
Tombant comme la grêle, expirants ou blessés.
En vain font-ils gronder la foudre et la mitraille,
Et forment de leurs rangs une épaisse muraille,
Partout le fer cruel, guidé par la fureur,
Fait paraître à leurs yeux un spectacle d'horreur.
Canrobert et Raglan, au sein de ce carnage,
Du prince Bonaparte admirent le courage ;
Et les fils d'Albion, pénétrés de respect,
Rendent louange et gloire au courageux Bosquet.
En voyant de ses mains échapper la victoire,
Le prince Menschikoff voit couronner de gloire
Ces nouveaux Athéniens, rappelant le grand nom
Du fameux Miltiade au champ de Marathon.
Pendant qu'il opérait tristement sa retraite,
Près de Sébastopol une double défaite
Voit en ce même jour illustrer nos soldats,
Sous les yeux des grands ducs Michel et Nicolas.

Tel qu'un loup furieux qui croit tenir sa proie,
L'arrogant gouverneur de la nouvelle Troie
Croyait brider l'essor de l'aigle dans son vol,
En lançant ses guerriers hors de Sébastopol.
Mais le vaillant Forêts repousse avec courage
Le choc impétueux de ce nouvel orage ;
Et le preux de Lourmel, du noble champ de Mars,
Chasse les ennemis jusque dans leurs remparts.

Cet illustre guerrier, en suivant la victoire,
Couronne pour jamais son triomphe et sa gloire!
Là, le glaive cruel l'enlève à tous les cœurs,
Qui couvrent son cercueil de regrets et de pleurs.
Magnanime héros! ta mort, digne d'envie,
Honore en ce grand jour notre illustre patrie;
Comme un autre Bayard, généreux de Lourmel,
Tu voles plein d'espoir au séjour immortel!
Telles sont en ce jour les fleurs que la victoire
Fait briller sur les fronts des enfants de la gloire;
Et l'Europe, étonnée de ces faits de géants,
Célèbre avec ardeur leurs exploits dans ses chants.

En dépit du succès des enfants de la France,
Tu veux poursuivre, ô Czar, cette guerre à outrance;
Mais crains que ton audace, indignant leur valeur,
Ne réduise au néant ta force et ta grandeur.
En vain Sébastopol oppose mille entraves :
Rien ne résistera sous les coups de nos braves;
Ta superbe Illion verra certainement
Triompher sur ses murs l'union d'Occident.
Vois avec quelle ardeur notre vaillante armée
Active ses travaux pour ouvrir la tranchée,
A travers les combats sans cesse renaissants,
Dont les succès rendront tes efforts impuissants.

En suivant de ses yeux la France et l'Angleterre,
L'Autriche suit aussi les hasards de la guerre;
Voyant toujours le Czar poursuivre son dessein,
Elle tente un effort pour en brider le frein :

Pour rassurer la Porte et son indépendance,
Elle forme d'abord la quadruple alliance,
En donnant l'espérance au peuple anglo-français
De prendre part un jour à leur brillants hauts-faits.
Et la noble Sardaigne imitant sa démarche,
Fait en dépit du Czar accélérer la marche
Des fiers Piémontais, qui voient dans ce traité
Un nouveau piédestal pour l'Europe ébranlée.

En vain déchaîne-t-il contre elle sa colère,
Le digne Emmanuel, de son regard sévère,
Ne craint point le décret qui lui ferme ses ports,
Et ses guerriers sauront seconder nos efforts.
En vain fait-il entendre un langage ironique,
La France et l'Albion vont, d'un ton laconique,
Résoudre enfin à Vienne, au nom de l'Occident,
Par la guerre ou la paix la question d'Orient.
Au sein de ce conflit on voit toujours la Prusse
Ressentir l'ascendant de l'autocrate russe ;
Toujours pusillanime, elle parle et se fait
Dans sa neutralité l'organe de la paix,
Elle s'efforce en vain de prévenir la ruine
De l'Empire ébranlé jusque dans sa racine ;
Pour le succès du Czar elle forme des vœux,
En feignant d'approuver nos travaux glorieux.

LIVRE QUATRIÈME.

Les forêts n'offraient plus leur élégant feuillage,
L'oiseau ne faisait plus entendre son ramage :
Des nuages épais voilaient l'azur des cieux,
Et l'on ne goûtait plus de chants mélodieux.
Les champs étaient déserts, privés de leur verdure,
Et les échos muets désolaient la nature ;
Des rayons nébuleux planaient sur l'horizon,
Annonçant de l'hiver la terrible saison.
Prévenant sagement des neiges la furie,
Louis-Napoléon et l'auguste Eugénie
De l'élan de leur cœur suivent le dévouement,
En comblant de bienfaits nos braves d'Orient.
Et la France imitant sa digne souveraine,
Prodigue à ses enfants, sur la rive lointaine,
Les immenses faveurs de son sein généreux,
Pour tempérer l'effet d'un hiver rigoureux.

Pendant que nos soldats redoublent d'énergie
Pour réduire au néant l'orgueil de la Russie,
Des Russes se portant sur Eupatoria,
Attaquent dans ses murs le brave Omer-Pacha.
Voulant par ses exploits s'illustrer en Crimée,
Le guerrier ottoman avait suivi l'armée :
Avec force et courage il fond sur l'ennemi,
Disputant la victoire au fameux Liprandi.

Trois fois le Russe en vain renouvelle la scène ,
Et trois fois ce guerrier fut vaincu dans l'arène.
Ne pouvant résister à ses traits meurtriers ,
Il cède à son vainqueur la gloire et les lauriers.
Des nobles alliés l'élan irrésistible
Secondait puissamment cette lutte terrible.
L'illustre Omer-Pacha, dans ce jour glorieux,
Voit le vaillant Sélim expirer sous ses yeux ,
Couronnant par sa mort cette belle victoire ,
Qui vient ceindre leurs fronts de ses rayons de gloire ,
Et rehausser l'éclat de l'empire Ottoman ,
En soutenant les droits et l'honneur du Sultan.

Tandis que ce héros relevait la Turquie ,
Un grand événement vient frapper la Russie :
Le Czar, humilié par ce succès nouveau ,
Du sein de son palais descend dans le tombeau.
Il tombe , Nicolas ! C'en est fait, il expire !....
Le grand-duc Alexandre hérite de l'Empire,
Soutiendra-t-il aussi l'effusion du sang,
Ou fera-t-il la paix pour l'honneur de son rang ?
Mais non ; le nouveau Czar ne perd point l'espérance,
Au cèdre du Liban d'égaler sa puissance :
Il marche sur les pas de ses prédécesseurs,
Sans craindre du Sultan les nobles défenseurs.
La lutte se poursuit et devient alarmante,
L'attitude, en effet, devient plus menaçante.
Le fameux Gorstchakoff usant de son pouvoir,
Du nouvel empereur berce le fol espoir ;

Alexandre sourit et triple son armée,
L'univers attentif regarde la Crimée;
La voix des Alliés vibre de toutes parts,
Et de nouveaux guerriers suivent leurs étendards.

Pour couronner l'élan de cette œuvre martiale,
Tu veux suivre ton aigle, ô Garde impériale;
Tu veux en Orient illustrer ta valeur,
Pour relever ton nom et ta verte grandeur.
Pars, invincible Garde, et franchis la mer Noire;
Fais paraître ta force et revêts-toi de gloire!
Fais éprouver au Czar la valeur de ton nom,
Et qu'il s'incline enfin devant Napoléon!

Déjà de ces héros la fanfare guerrière
Résonne à l'ennemi cette devise fière :
Il faut Sébastopol, et la mer Noire encore;
As-tu pour les défendre un courageux Hector?
Les temps sont accomplis... toujours le canon gronde,
La nouvelle Union entend murmurer l'onde;
De la tour Malakoff elle voit ses enfants
Répondre avec vigueur au feu des assaillants.
Le prince Gorstchakoff redouble d'énergie,
Répare ses travaux malgré l'artillerie,
Qui vomit ses fureurs sur le bastion du Mât,
Dont le succès brillant couronne le combat.
L'illustre Canrobert, toujours prudent et sage,
Vers le bastion Central excite leur courage.
Poussé par son ardeur, l'illustre Pélissier
Dirige en cet endroit un feu très-meurtrier.

Le fier La Motterouge, en suivant son audace,
Force les ennemis d'évacuer la place.
Là, la faulx de la mort immole à sa fureur,
Des milliers de guerriers tombant au champ d'honneur!
Déployant sous ces murs son talent militaire,
L'intrépide Bizot, d'une arme téméraire,
Expire en vrai héros, toujours en combattant,
Emportant des soldats un souvenir touchant.

Cependant Canrobert atteint d'une ophtalmie,
Vient par un trait antique honorer sa patrie :
Ce cœur tendre aux soldats, ce modeste guerrier
Dépose son pouvoir au vaillant Pélissier.
Généreux Canrobert, cette action grande et belle
Orne ton noble front d'une gloire immortelle ;
Mais avec tes enfants tu veux vaincre ou mourir :
C'est là tout ton bonheur.., ton unique désir!
Oui, tu veux couronner ce siége mémorable,
Sans faste et sans grandeur ; ton zèle infatigable,
Du brave Pélissier suivra le noble élan,
Et comblera les vœux de l'illustre Raglan.
Toujours actif, ardent, d'une trempe guerrière,
Le vainqueur d'Alouba débute sa carrière
En chassant l'ennemi de ses retranchements,
Qui, pour les Alliés, formaient des guets-à-pens.

Le ciel ne faisait point refléter leur armure,
La lutte fut terrible en cette nuit obscure :
Tels autour des forêts des lions rugissants
Cherchent à dévorer les hôtes impuissants;

Tels ces fougueux guerriers, de fureur et de rage,
Font couler à grands flots le sang dans ce carnage.
Par trois fois l'ennemi riposte avec vigueur,
Et croit de ce combat se tirer en vainqueur.
Vain espoir ; et le jour, par sa vive lumière,
Lui montre ses héros roulant dans la poussière ;
Et cette fois encore, il voit nos preux guerriers
Ajouter à leur gloire un fleuron de lauriers.

Oui, tu triompheras, ô valeureuse armée !
Et pour hâter tes vœux, l'escadre combinée
Parcourt la mer d'Azoff, sous le brave Bruat,
Voguant avec succès jusqu'au mont Arabat.
Elle renverse Kertch dans sa course rapide,
Soumet Enikalé sous sa terrible égide ;
L'intrépide Lions bombarde Génitchi,
Et le Russe éperdu ne trouve plus d'abri.
L'escadre poursuivant sa brillante carrière,
Réduit comme un éclair Tangarog en poussière,
Rase Marioupol par le feu du canon,
Et pénètre en vainqueur jusqu'aux bouches du Don.
Obstruant le passage et réduisant en ruines,
Du grand-duc Constantin la puissante marine,
Le prive du pouvoir sur cette mer d'Azoff,
De veiller aux besoins du prince Gorstchakoff.
Toujours dans leur système, imitant le sauvage,
Les Russes en fureur désolent le rivage ;
Ses magasins, ses forts, éprouvent le destin
Que subirent jadis Smolensk et le Kremlin.

L'écho de la victoire ébranle la Crimée !
Les fameux Circaciens font par leur renommée
Frémir les habitants des bords de la Néva,
En entrant triomphants dans le fort d'Anapa.

Adeptes du Sultan, ces enfants du Caucase
Cherchent de son pouvoir à rétablir la base ;
Ils voient avec bonheur cet avenir heureux,
Tendre à réaliser leurs projets et leurs vœux.
Fière de ces succès, dignes du grand Alcide,
L'aigle pleine d'ardeur reprend son vol rapide,
Et sur la Tchernaïa visite les guerriers,
Occupés sur ses bords à cueillir des lauriers.
Oui, de la Tchernaïa, la riante vallée,
Offre ses beaux tapis à notre brave armée,
Et lui fait respirer l'air parfumé des fleurs,
En chassant l'ennemi de ces lieux enchanteurs.
Se voyant expulsés de ces plaines fertiles,
Les Russes en courroux se montrent plus hostiles ;
Canrobert et Bosquet préviennent leur dessein,
En offrant le combat au fier Osten-Saken,
Qui voit avec dépit l'ardeur piémontaise
Ne le céder en rien à la valeur française.
Il voit Lamarmora diriger ses enfants,
Rivalisant de zèle avec les Ottomans ;
Il se voit poursuivi sans relâche et sans trêve,
Par ces nobles héros que la victoire élève
Au rang des fiers vengeurs du vaillant Ménélas,
Du brave Thénistocle et de Pausanias.

Cependant Gorstchakoff active avec courage
Les travaux du Redan et ceux du Carénage,
Défiant nos soldats de confondre l'orgueil
Du fier Sébastopol en brisant son écueil.
Mais déjà l'air frémit, le canon gronde et tonne,
Et fait vibrer le cœur des enfants de Bellone;
Sa voix impérieuse ébranle les échos,
Et fait murmurer l'onde en agitant ses flots.
Sur le mamelon Vert le guerrier en vedette,
Entend dans le lointain le son de la trompette,
Exciter de nouveau dans l'âme du soldat
Cette ardeur toujours prête à voler au combat.
A ce son belliqueux, la phalange guerrière
Franchit le mamelon, majestueuse et fière,
Attaque l'ennemi, qui se montre nombreux,
Et soutient vaillamment son choc impétueux.
Le valeureux Brancion, digne enfant de la France,
Tombe en élevant l'aigle, emblème d'espérance :
Il expire en héros, illustrant sa valeur,
Laissant à ses guerriers le sentier de l'honneur!
Mais le fier mamelon fut emporté d'emblée,
En frappant de stupeur cette imposante armée,
Qui se flattait d'abord de vaincre les Anglais,
En arrêtant l'élan des Turcs et des Français.
Elle suit de ses yeux cette aigle redoutable,
Installant ses guerriers sur ce mont formidable,
Les excitant sans cesse à marcher sur les pas
Du sage et grand Ulysse et d'Epaminondas.

Décorés en ce jour des palmes de la gloire,
Avec un nouveau zèle, enfants de la victoire,
Vous dirigez vos pas vers la tour Malakoff,
Pour subjuguer l'écueil formé par Menschikoff.
En suivant l'impulsion de leur ardeur guerrière,
Canrobert et Bosquet joignent votre bannière,
Quittant la Tchernaïa pour seconder l'élan
Que vont vous imprimer Pélissier et Raglan.
Déjà la terre tremble et l'onde est en furie,
Au bruit étourdissant de notre artillerie.
Tout s'ébranle et s'agite à la voix des échos,
Excitant dans l'arène un essaim de héros.
Le prince Gorstchakoff et ses fiers Moscowites,
Pressentant le dessein des nouveaux Hellénistes,
S'arment de pied en cap pour défendre Illion,
Qui fait toute leur gloire et leur ambition.
Le brave d'Autemare, au courage invincible,
Attaque avec vigueur la tour inaccessible ;
Les courageux Anglais, sous l'illustre Raglan,
Menacent de concert le côté du Redan ;
L'ennemi, retranché derrière la muraille,
Vomit sur les Français la grêle et la mitraille.
Guidés par la fureur, les bombes, les mortiers
Etendent sur le sol de valeureux guerriers :
Lavarande et Brunet expirent sur la scène,
Et le brave Meyran tombe aussi dans l'arène.
Le combat est terrible et fait frémir les airs ;
Partout l'on n'aperçoit que le feu des éclairs !
Canrobert et Bosquet, toujours inséparables,
En face des boulets restent inébranlables ;

L'intrépide Dulac imitant leur ardeur,
Aux yeux de Pélissier fait briller sa valeur.
La victoire chancèle et devient indécise :
Le courageux Campbell, enfant de la Tamise,
Tombe et mêle sa voix aux échos répétant
La gloire et la douleur des guerriers expirants.
Le brave Nachimoff, héros de la Russie,
Par le glaive cruel est privé de la vie ;
Il meurt!.... Ainsi que lui s'en vont dans le tombeau
Des Russes courageux défendant leur drapeau.
Le vaillant d'Autemare éprouvant mille entraves,
Dans la tour Malakoff pénètre avec ses braves ;
Mais les nouveaux Troyens, comme autrefois Hector,
Repoussent les guerriers du moderne Nestor.
En vain de son éclat l'ardeur française brille,
Et montre en ce combat le courage d'Achille ;
Le digne Pélissier imite Xénophon,
Et cède le terrain aux fureurs du canon.
Opérant sa retraite avec ordre et courage,
Gorstchakoff étonné fait cesser le carnage,
Admirant et louant cette noble valeur,
Qui relève en tombant sa force et sa grandeur.
Là les nobles enfants de la Grande-Bretagne
Voient le brave Raglan terminer sa campagne ;
Cet illustre guerrier, sans atteindre son but,
Acquitte envers la mort l'implacable tribut :
Respecté des boulets dans sa longue carrière,
Le héros d'Albion s'endort dans la poussière,
En léguant le pouvoir au valeureux Simpson,
Pour soutenir la gloire et l'honneur de son nom.

Dans le but d'opérer un assaut plus facile,
Les braves Alliés, d'une ardeur juvénile,
S'occupent vivement d'activer les progrès
Qui doivent leur ouvrir un court et libre accès.
Le vaillant Pélissier, au courage énergique,
Du brave Canrobert suit la sage tactique;
Il voit avec bonheur pour le bombardement,
Ses travaux avancer plus ostensiblement.
Tandis que Malakoff défiait notre armée,
Le grand Omer-Pacha parcourait la Crimée,
Longeant la Tchernaïa, le soutien du Coran
Rétablit Baïdar sous la loi du Sultan.
Suivi de ses guerriers, il franchit les montagnes,
Affronte les ravins, les plaines, les campagnes,
Epiant l'ennemi jusque dans les forêts,
Et sait par sa valeur déjouer leurs projets.

LIVRE CINQUIÈME.

Toujours vers l'Orient à courir l'on s'empresse,
La gloire des combats dévore la jeunesse;
La guerre absorbe tout, enivre tous les cœurs,
En montrant ses revers sous de brillantes fleurs.
Tous se sentent bercés d'une vive espérance;
Louis-Napoléon, au désir de la France,
Accueille avec bonté cet hommage nouveau,
Des enfants impatients à suivre leur drapeau.

Chaque jour l'Océan, la Méditerranée,
Se couvrent de vaisseaux partant pour la Crimée ;
Toujours des chants joyeux, d'agréables concerts,
Qui charment le silence et le courroux des mers.
Le port de Kamiech, gisant sur la mer Noire,
Reçoit tous ces enfants aspirant à la gloire
De défendre en héros l'honneur du nom français,
Si souvent illustré par d'éclatants hauts-faits.

Voyant Sébastopol, où sont morts tant de braves,
Le sage et prudent Niel va briser ses entraves.
Sa perspicacité donnera le signal
De livrer à la ville un assaut général.
Son rival en talent, en courage, en génie,
Le fameux Totleben, zélé pour la Russie,
Réunit ses efforts pour rendre infructueux
Cet assaut si terrible attendu de nos vœux.

Dans l'empire des Czars, de nouvelles recrues
Marchent sous leurs drapeaux s'élevant vers les nues :
Allez, dit Alexandre, allez, nobles enfants,
Combattre en vrais héros des ennemis puissants.
Aussi vers Pérécop des colonnes guerrières
S'avancent à grands pas, et bordent les frontières !
L'Anglais et le Français voient devant l'ennemi,
Turenne défiant le grand Montéculi.
L'Europe, contemplant ce théâtre sublime,
Suit avec intérêt cet élan magnanime,
Qui doit de ses destins assurer pour jamais
Le pied fondamental d'une solide paix.

Détournons nos regards du sol de la Crimée,
Et voguons de nouveau sur la mer agitée;
Quittons pour un moment ce rivage au ciel bleu,
Laissons évaporer cette atmosphère en feu;
Parcourons la mer Noire et joignons la Baltique,
Nous y contemplerons l'escadre magnifique
Visitant de nouveau les braves Finlandais,
Qui célèbrent leur gloire en chantant leurs bienfaits.
En dépit de ses lois, le Czar de la Russie
Voit encore apparaître au seuil de sa patrie,
Sous le brave Penaud, cette aigle impériale
Qui conquit Bomarsund sous le grand Parceval.
Successeur de Napier sur cette onde onéreuse,
L'intrépide Dundas brave la mer houleuse;
Ils voguent de concert à travers les brisants,
Evitant les écueils sous les flots mugissants;
Ramant avec vigueur, chaloupes canonnières,
Frégates à vapeur, bombardes meurtrières,
Disputant la mer Blanche aux Russes en courroux,
Qui résistent en vain à leurs efforts jaloux.
Du pavillon anglais, en droit parlementaire,
Ils vengent en passant l'insulte téméraire,
En détruisant Hango par leurs vaillants exploits,
Pour réparer l'affront fait au mépris des lois.
Ces courageux marins, dans ces lointains rivages,
S'en vont incendiant villes, bourgs et villages.
Le port de Lovisa, se levant sur les eaux,
Par le canon anglais est réduit en monceaux.
Fière de ses succès, l'escadre triomphante
Explore de nouveau la rive menaçante

Du port de Sweaborg, qui voit avec dédain,
Nos marins savourer un triomphe certain.
Entrecoupé d'îlots qui forment ses barrières,
Il se croit à l'abri des bombes meurtrières;
Mais Penaud et Dundas, unissant leurs efforts,
Voient le brave Ramsay pénétrer dans les forts.

En vain ses défenseurs se mettent sur leurs gardes,
Nos guerriers déployant leurs terribles bombardes,
Déroulent mille eclairs qui, de leurs flots de feux,
Consument Sweaborg et ses forts orgueilleux!
Un immense brasier, par ses flammes funèbres,
Du lugubre chaos éclaire les ténèbres.
Les Russes éperdus voient ce grand arsenal
Suivre aussi Bomarsund dans son échec fatal;
Au sein de ce sinistre, une explosion de poudre
Vient à l'instant se joindre aux éclats de la foudre,
Et rendre à l'ennemi tout secours impuissant :
Sweaborg et ses forts rentrent dans le néant.

Le courageux Penaud, en se couvrant de gloire,
Contemple avec Dundas ce beau jour de victoire,
Qui vient sans coup férir couronner de lauriers,
En face des boulets nos valeureux guerriers.
Eclatante victoire, absorbant la Russie!
Alexandre en murmure et voit l'escadre hardie
Reconnaître Cronstadt et l'île de Nargen,
Défiant les travaux du fameux Totleben.
Non, rien n'arrête plus les fureurs de la guerre;
Le Czar, en irritant la France et l'Angleterre,

Voit déjà son empire éprouver les effets
Qui feront échouer ses injustes projets.
Il voit avec dépit la flotte anglo-française,
Réduire tous ses forts à la manière anglaise,
Qui veut anéantir sa force sur les mers,
Restreindre sa puissance aux yeux de l'univers....

Jadis avec orgueil l'on vit Rome et Carthage,
De leurs fiers défenseurs exalter le courage :
Annibal espérant triompher des Romains,
Par le grand Scipion tombe enfin dans leurs mains.
Telle, dans cette guerre, une jalouse envie
Excite l'Albion, la France et la Russie;
Elles suivent des yeux cette œuvre de géant,
Si chère aux intérêts des peuples du Levant.
Elles la voient marcher, cette œuvre gigantesque,
Offrant tout à la fois un tableau pittoresque,
Agréable, émouvant, sublime, douloureux,
Où le guerrier reprend sa vigueur et ses feux.

LIVRE SIXIÈME.

Le ciel était serein, le jour venait d'éclore,
Un superbe horizon étalait son aurore ;
Le bruit du doux zéphir vibrait dans le lointain,
Et les charmants oiseaux chantaient leur gai refrain.
Le sol était paré de sa riche verdure,
Et le soleil brillant animait la nature ;

Mille variétés, sans le coup du pinceau,
Offraient au voyageur un ravissant tableau.
Le créateur des cieux, par sa toute-puissance,
Veillait sur des enfants éloignés de la France;
Dans sa sollicitude il enivre leurs cœurs,
En parfumant les airs du pur encens des fleurs.

Tel donc se présentait l'aspect de la Crimée,
Récréant nos guerriers près de l'onde agitée,
Quand la voix du clairon avertit Herbillon
De marcher au combat en fier Agamemnon.
Près de la Tchernaïa le guerrier intrépide
Opère avec vigueur un mouvement rapide,
Et voit les ennemis menaçants et nombreux,
Franchir décidément le fleuve impétueux.

Près du pont de Tracktir la bataille s'engage,
Les Russes bravement font entendre l'orage.
Pélissier et Bosquet volent au champ de Mars,
Et bientôt les guerriers sont sous leurs étendards.
Alors le canon gronde, excitant la furie;
Nos soldats pleins d'ardeur bravant l'artillerie,
S'élancent dans les rangs de leurs fiers ennemis,
Sous l'élan belliqueux du courageux Moris.

Émules des Français, que leur valeur égale,
Les Sardes, soutenant cette lutte inégale,
Suivent Lamarmora dans ses brillants hauts-faits,
Révélant au grand jour l'honneur piémontais.

Espérant triompher des enfants de la France,
L'orgueilleux Liprandi sur nos braves s'avance;
Mais les vaillants Camou, Herbillon et Faucheux,
Offrent à sa rencontre un échec vigoureux.
Le héros Défailly disperse ses colonnes;
Gorstchakoff et Réad, commandant en personnes,
Ne peuvent rallier leurs soldats impuissants
Pour vaincre la valeur de nos fiers combattants.
Serrés de toutes parts, les Russes en désordre
Se retirent enfin sans se remettre en ordre,
Laissant à nos héros, encore cette fois,
Recueillir les lauriers de leurs brillants exploits.

Le fameux Liprandi s'enfuit d'un pas alerte,
Mais du brave Read il déplore la perte,
Officier distingué que le boulet vengeur
Enlève à l'ennemi dans toute sa vigueur.

Gorstchakoff prétendait retenir la victoire,
Mais l'aigle avec fierté lui ravit cette gloire,
Et il voit en ce jour les vainqueurs de l'Alma,
Inscrire un fait de plus près de la Tchernaïa.
Ainsi de ses fleurons le sol de la Crimée
Se plaît à couronner notre vaillante armée;
Et le Czar irrité de ce nouveau succès
Persévère à tenter d'arrêter nos progrès.

Vains efforts en ce jour, ce triomphe sublime,
Du fier Sébastopol entr'ouvre enfin l'abîme.
En vain redouble-t-il d'audace et de fierté,
Il voit plus que jamais son orgueil menacé.

Il frémit en voyant, au sein de la mitraille,
Nos braves préparer le grand jour de bataille ;
Travaillant nuit et jour, et toujours l'arme en main,
Ébranlant ses remparts et ses portes d'airain.

Déjà l'azur des cieux se couvre de nuages,
Un silence profond, prélude des orages,
Succède aux chants joyeux des habitants des airs,
Et l'on voit l'horizon se sillonner d'éclairs.
Ces signes précurseurs menacent la Crimée :
Soldats, préparez-vous, l'heure est enfin sonnée.
Le tambour bat la charge, et la voix du clairon
Avertit l'artilleur de pointer son canon.
Et ce jour paraissant, une vive allégresse
S'empare des guerriers, qui répètent sans cesse :
Voici le jour de gloire et le jour de valeur ;
Français, à Malakoff... et vive l'Empereur !.

Plus de nuits au travail, et surtout de tranchée,
Car le jour attendu depuis près d'une année,
Paraît enfin montrer ses rayons lumineux,
Et combler à jamais nos désirs et nos vœux.

Oui, tout est préparé pour l'œuvre colossale ;
Tremble, Sébastopol, voici l'heure fatale !
Tout est prévu, pesé : Pélissier et Simpson
Voient déjà s'élancer le vaillant Mac-Mahon,
Dirigeant sous ses lois les chasseurs et les zouaves ;
Dulac, La Motterouge, et puis mille autres braves,
Attendent impatients cet instant solennel,
Qui doit à Malakoff porter le coup mortel.

Pélissier et Bosquet, de l'heure militaire
Suivent le mouvement sur le cadran solaire.
Enfin il est midi : sonnez, clairons, sonnez;
Soldats, au pas de charge avancez et chargez.
Alors la foudre éclate et fait trembler la terre,
Sur la tour Malakoff vient gronder le tonnerre ;
Sous le fier Mac-Mahon, nos guerriers pleins d'ardeur,
De l'orgueilleuse tour atteignent la hauteur.
Les zouaves, les chasseurs, du drapeau de la France
Aux yeux des ennemis étalent la puissance.
Oui, l'aigle avec fierté paraît sur le plateau :
Un quart-d'heure a suffi pour un succès si beau!

Chassés de Malakoff, les Russes en furie,
Font vibrer les échos de leur artillerie :
Cinq fois, avec courage, ils tentent, mais en vain,
De reprendre à tout prix cet important terrain.

Tandis que les Français engageaient la bataille,
L'Anglais imperturbable, au sein de la mitraille
S'avance gravement; en dépit des boulets,
Franchit le grand Redan et les fiers parapets.
Quels sublimes efforts! Mais avec quelle audace,
Le Russe avec l'Anglais disputent cette place!
Quelle grêle d'obus, que de traits meurtiers
L'ennemi fait pleuvoir sur ces braves guerriers!
Ils s'efforcent en vain de repousser l'orage :
Le terrible Redan résiste à leur courage.
Criblés et mitraillés, les valeureux Anglais
Quittent le fier rempart témoin de leurs hauts-faits.

Vainqueurs de Malakoff, les enfants de la France
Vers le bastion Central volent pleins d'espérance ;
Le brave Levaillant, par un feu bien nourri,
S'empare du bastion et chasse l'ennemi.
Pour résister aux coups de leur juste colère,
En vain le fort du Mât prend un aspect sévère :
Il tombe, en s'écroulant sous son terrible poids,
Ressentant l'aiguillon de leurs brillants exploits.
La superbe Illion déjà s'écroule en ruine :
Un vigoureux combat s'engage à la Courtine.
La fureur des guerriers porte partout le fer,
Le bronze du canon vomit un feu d'enfer ;
L'intrépide Bosquet est blessé d'une bombe,
Des milliers de héros descendent dans la tombe!
Là, le jeune Cassaigne et le vaillant Saint-Pol
Tombent sous les lauriers, près de Sébastopol ;
Là le brave Rivet, ardent pour la victoire,
Expire sous les yeux des enfants de la gloire.
Prudent, sage et loyal, cet illustre Ardennais
Rehausse par sa mort l'honneur du nom Français.

Tandis que Pélissier agit avec courage,
Quel spectacle offres-tu, Redan du Carénage?
Le Russe et le Français, imitant le courroux
Du turbulent Ajax contre un rival jaloux.
Tu vois plus que jamais leurs efforts magnanimes,
Et la faulx de la mort immoler ses victimes ;
Tu vois en frémissant la valeur de ces preux,
Reculant, avançant au sein des flots de feu.

Dulac, La Motterouge et le vaillant De Salles,
Sentent légèrement la fureur de ces balles,
Qui frappent pour toujours Pontevès et Breton,
Emules des héros du grand Napoléon.

Le fer cruel atteint l'intrépide Marolles,
Digne du grand Condé, vainqueur de Cérisoles;
Ses courageux enfants, criblés par les boulets,
Versent sur son tombeau des larmes de regret.
Spectacle attendrissant! que le Russe contemple
Dans ces jeunes soldats, donnant le bel exemple
D'un noble dévouement envers leur général,
Qui lutta vaillamment contre le fer fatal.

Là, l'honneur des guerriers, la Garde chevronnée,
Illustre sa valeur, comme sa sœur aînée :
Toujours grande, admirable en face des boulets,
Elle se rend partout digne de tout respect.

Phalange de héros qu'on admire et regarde,
Zouaves, grenadiers, voltigeurs de la Garde,
Cimentant de leur sang la valeur de leur nom,
La gloire de la France et de Napoléon.
O type de grandeur! que tes palmes sont belles!
Regnault te contemplant sous ces fleurs immortelles,
Retrouve les vainqueurs de Wagram, Marengo,
Et l'illustre Cambronne au champ de Waterloo.

Déjà sur tous les points la victoire est certaine,
Et pour hâter ce jour, le courageux Bazaine

Se joint à ces guerriers, pour couronner l'élan
Du terrible combat livré près du Redan.
En vain de leur ardeur Gorstchakoff en furie
Veut arrêter l'essor par son artillerie :
Bientôt à ses regards leur glorieux drapeau,
Annonce sur les forts un triomphe nouveau.
Frappés de ce succès comme d'un coup de foudre,
Les Russes font sauter leurs magasins à poudre ;
Les flammes s'élevant vers la voûte des cieux,
Rappellent de Moscou le destin odieux.
Se trouvant à l'abri des boulets et des balles,
Ils fuient en imitant la fureur des Vandales,
Brûlant et pillant tout dans Karabelnaïa,
Ils cherchent leur salut, passant la Tchernaïa ;
Mais poursuivis de près par les nouveaux Atrides,
Ils se voient empêchés, dans leurs desseins perfides,
De réduire au néant les forts et la cité,
Qui rediront ces faits à la postérité.

Ainsi le fort Saint-Paul échappe à leur vengeance ;
Le fort Saint-Nicolas se place en assurance
Sous le noble drapeau des généreux Français,
Qui viennent affermir leur repos désormais.
Nobles Piémontais que la gloire dévore,
En voyant ces guerriers que la victoire honore,
Vous brûlez du désir de marcher sur leurs pas,
Dans ce jour qui paraît couronner leurs combats.
Contemplant de vos yeux cette sublime scène,
Avec Lamarmora vous entrez dans l'arène,
En joignant vos efforts pour vaincre l'ennemi,
Aux enfants du drapeau d'Arcole et de Lodi.

Cependant Gorstchakoff opère sa retraite,
Et dans le fort du Nord va cacher sa défaite ;
Là le fier Moscowite attend que le destin
Vienne briser l'écueil et le fort Constantin.
Tel qu'un arbre ébranlé jusque dans sa racine,
Entraîne sous son poids les rameaux dans sa ruine,
Tel donc Sébastopol s'écroule avec ses forts,
Ne trouvant plus de force au-dedans ni dehors.

Tel fut le résultat de notre brave armée,
Terrassant pour toujours l'orgueil de la Crimée.
Peuples, applaudissez à ces faits éclatants,
Et joignez vos concerts aux accents de vos chants ;
Avec un juste orgueil célébrez leur victoire,
Eclatez en transports au temple de mémoire ;
Que la voix des échos répétant vos concerts,
Fasse briller leur gloire aux yeux de l'univers !

Et vous, tonnez, grondez, bronzes des Invalides,
Faites vibrer les airs par vos élans rapides ;
Annoncez des guerriers l'héroïque valeur,
Qui vient de couronner leur gloire et leur grandeur
De ce triomphe heureux, ô glorieuse France !
Tu vois ton peuple ému par la reconnaissance,
Offrir au Roi des rois les vœux les plus ardents,
Et lever vers son trône un digne et pur encens.
L'illustre Pélissier, imitant Bélisaire,
Devient pour ta puissance une pierre angulaire ;
Et plus favorisé que ce guerrier fameux,
Il entend ses soldats le surnommer l'heureux !

Rendant toute la gloire au seul Dieu des armées,
Qui tient entre ses mains tes nobles destinées,
Ce sage général, le cœur reconnaissant,
Voit ses braves guerriers bénir le Tout-Puissant.

De ton sein maternel, chère et noble patrie,
Des vierges au front pur, sans attache à la vie,
S'en vont, pleines d'espoir, partager les dangers
Que bravent nos marins en franchissant les mers.
La charité divine excite leur courage,
D'un Dieu plein de tendresse elles suivent l'image,
En consacrant leurs jours au noble dévouement
De calmer les douleurs des braves d'Orient.
Ces anges de douceur du brave militaire
Versent sur la blessure un baume salutaire :
Plus d'un de ces enfants par leurs soins maternels,
Revoient enfin la France et leurs toits paternels.
Dans son ardeur bouillante, oubliant ses épines,
Le guerrier rétabli bénit ces héroïnes,
Et revole au combat avec plus de vigueur,
Défendre son drapeau, sa gloire et son honneur.

A ces faits étonnants les enfants de Bellone,
Voient de nouveaux lauriers embellir leur couronne;
Le combat de Kougil, par un succès brillant,
Ajoute à leur valeur un glorieux pendant.
Dans ce premier début, prouvant leur énergie,
Le brave d'Allonville et sa cavalerie
Font mordre la poussière aux Russes en fureur,
Tombant de leurs coursiers sous le glaive vainqueur.

Et tous se décorant des palmes de la gloire,
La prise de Kinburn couronnant leur victoire,
Voit soumettre Caman et Fanagoria,
Aux vainqueurs d'Inkermann, de Tracktir et d'Alma.

Oui, le fort de Kinburn, dans ses vives alarmes,
Cesse aussi de combattre et dépose les armes ;
Officiers et soldats se rendent prisonniers,
Et le brave Bruat recueille ses lauriers.

Que pensera le Czar, en voyant ces conquêtes ?
Fera-t-il de nouveau retentir les trompettes ?
Poussera-t-il la guerre, ou fera-t-il la paix ?
A chacun de penser, mais pour moi je me tais.

Ainsi fut foudroyé l'orgueil de la Russie,
La superbe Illion voit sa gloire obscurcie,
Sa puissance, en ce jour, tombe avec sa fierté,
Et l'écueil du Sultan se trouve enfin dompté.
La liberté des mers voit briser ses entraves,
Et le Czar Alexandre, en dépit de ces braves,
Voit enfin triompher l'Union d'Occident,
Couronnant ses héros des lauriers d'Orient.
Et il entend la voix des peuples de la terre
Exalter dans leurs chants la France et l'Angleterre,
Célébrant à l'envi Louis-Napoléon,
Qui remplit l'univers de l'éclat de son nom.

LIVRE SEPTIÈME.

De l'Olympe en courroux, l'implacable Russie
Semble plus que jamais exciter la furie;
Sébastopol vaincu, quel puissant aiguillon
Pour faire entendre au Czar un sujet de raison!

C'est en vain, et le ciel toujours sombre et sévère,
Paraît sur les mortels déchaîner sa colère.
L'on voit la terre et l'onde, aussi les éléments,
Obéir, se soumettre à la fureur des vents;
L'orage circulant offre une nuit profonde,
Qui fait frémir les cieux et la machine ronde,
Et le bruit du tonnerre allant toujours croissant,
Présente un avenir terrible et menaçant.

Au sein de ce chaos, Mars s'ébranle et s'énerve,
Agitant dans ses mains l'égide de Minerve;
Dans l'âme du guerrier il souffle avec fureur,
Cette insatiété de gloire et de grandeur.

Voulant délivrer Kars, sans cesse menacé,
Le grand Omer-Pacha, suivi de son armée,
Culbute sur l'Ingour les Russes fort nombreux,
Cherchant à déjouer son projet courageux.
Malgré sa résistance et sa force en Asie,
La valeureuse Kars se rend à la Russie;
Ses nobles défenseurs, privés de tout secours,
Quittent donc à regret la ville et ses faubourgs.

Ces braves Ottomans, durant près d'une année,
Du fameux Mourawieff décimèrent l'armée ;
Et le Czar fasciné, présage comme heureux
Ce succès sans éclat, répondant à ses vœux.

Du sentier glorieux, Alexandre s'égare ;
A de nouveaux combats toujours il se prépare.
Dans son illusion il entrevoit d'abord,
Entre les Alliés un certain désaccord ;
Dans son entêtement il veut que tout lui cède,
Et son aveuglement ne voit point la Suède,
Qui prépare au combat les nobles descendants
De Charles, si fameux par ses exploits brillants.
Elle veut à son tour prendre part à la guerre,
Et suivre avec honneur la France et l'Angleterre,
Qui poursuivent toujours avec la même ardeur
Cette œuvre grandiose à l'œil du scrutateur.
De Londres à Paris l'ardeur toujours s'enflamme,
Le cri de guerre enivre et fait tressaillir l'âme ;
Des bords de la Tamise aux bords de la Néva,
Le cri se fait entendre et menace Odessa.

Dans un riant désert, et loin du bruit des armes,
Deux sœurs s'entretenaient dans de vives alarmes ;
La Prudence et la Paix, jetant sur les mortels
Des regards de douceur, tristes et solennels.
De tes puissants attraits, lui disait la Prudence,
Tu pourrais des guerriers calmer l'effervescence ;
Et par tes nœuds charmants, pour leur félicité,
Resserrer les liens de la fraternité.

Prends, et mets en ce jour tes ornements de gloire,
Parais vive et brillante, et franchis la mer Noire;
Fais entendre ta voix aux peuples belliqueux,
Et répand sur leurs cœurs ton encens généreux.
Toi seule, aimable Paix, toi, sœur du vrai courage,
Tu peux rendre le calme aux vents comme à l'orage;
Seule, tu peux donner à ces vaillants héros,
Le plaisir de goûter le bonheur du repos.

Et la Paix d'applaudir à sa noble pensée,
Dit, volons vers l'Autriche, ô ma sœur bien-aimée;
Elle suivra ma voix pour rendre l'union
A l'empire des Czars, de France et d'Albion.
Elle dit : et la Paix saisit son auréole;
Aussitôt la Prudence avec elle s'envole,
S'éloignant du désert, leur séjour de bonheur,
Pour sauver les mortels du fléau destructeur.

L'Autriche, en ce moment, perdait toute espérance
De faire entendre au Czar un traité d'alliance.
Elle menace enfin de joindre ses efforts
Aux nobles Alliés, pour subjuguer ses forts.
Le Czar, à ce défi, lève sa tête altière,
L'Autrichien prend alors une attitude fière,
En dépit du Prussien, qui trahit son honneur,
Protégeant les desseins du Russe usurpateur.

Partout l'on voit briller des bannières flottantes,
Où viennent s'enrôler des légions naissantes;
Nicolaïeff, Cronstadt, voient les avant-coureurs,
De Mars semblant toujours déchaîner les fureurs.

Alors parut la Paix, belle comme l'aurore,
Tenant entre ses mains un lys venant d'éclore;
L'Autriche entend sa voix, qui lui dicte ces mots :
Je viens pour arrêter la fureur des complots,
Voici : dis de ma part au Czar de la Russie,
En moi sont les vrais fruits d'abondance et de vie;
J'apporte du bonheur le véritable don,
J'ai vu Victoria, Louis-Napoléon.

Tels sont leurs sentiments, pour prix de leur victoire,
Les peuples jouiront des droits de la mer Noire;
De ton protectorat sur les Turcs, annulé,
Le Danube et ses bords auront leur liberté.
De la religion, libre à chacun de suivre,
Le commerce en son cours tu laisseras poursuivre;
Tes villes et tes forts deviendront sur les mers,
Comme Sébastopol, libres à l'univers.

Ecoute mes conseils, adopte mes pensées,
Et du conquérant Pierre abhorre les idées;
Fuis de l'ambition les préjugés trompeurs,
Qui fascinent les rois au faîte des grandeurs.
Souviens-toi bien, ô Czar, de cette Babylone
Qui perdit par Cyrus son sceptre et sa couronne;
Tels autrefois les Grecs, et plus tard les Romains,
Les peuples tour-à-tour passent dans d'autres mains.

Jamais de ces revers sous mon aimable empire,
Un air pur et serein toujours l'on y respire,

L'encens de la concorde et son charme divin,
L'accord le plus parfait rend ce bonheur sans fin.
Alexandre écoutait dans un profond silence,
Bénissant en son cœur la Paix et la Prudence :
C'en est fait, se dit-il, je me rends à leurs vœux,
J'entends que désormais mon peuple soit heureux.

Le Czar voulant prouver son respect pour la France,
Veut conclure à Paris le traité d'alliance ;
Et les ambassadeurs soutenant leurs drapeaux,
Sur l'acte solennel apposèrent les sceaux.

Alors sur les mortels la Paix répand ses charmes,
Mars calme son courroux et dépose les armes,
Refoule en murmurant son glaive destructeur,
Et laisse enfin goûter le repos, le bonheur.

Ainsi se termina cette guerre admirable,
Que ses brillants exploits ont faite mémorable ;
L'univers étonné rend gloire à l'Occident,
D'avoir enfin vaincu l'oppresseur d'Orient.

Enfin sous des lauriers le héros de Crimée,
Vogue le cœur joyeux sur la mer agitée ;
Il revoit sa patrie et son charmant clocher,
Et goûtera bientôt les douceurs du foyer.
Avec quel doux plaisir les enfants de la France,
Se virent-ils l'objet de la reconnaissance !
Et des arcs de triomphe ornés de mille fleurs,
Offraient partout l'encens et l'hommage des cœurs.

Honneur, gloire, louange aux fils de la victoire !
Et puisse en ce grand jour le temple de mémoire,
Célébrer leur grandeur dans sa noble fierté,
Et transmettre leur gloire à la postérité !

FIN.

RECUEIL

DE

CHANTS GUERRIERS

Par le même Auteur.

DIALOGUE

entre l'Empereur de Russie et les Puissances alliées.

Déclaration de guerre.

NICOLAS.

Empereur de la Russie,
Je veux, foi de Nicolas,
Anéantir la Turquie
Et la fouler sous mes pas.
En vain l'Europe se ligue
Pour entraver mes projets,
Je saurai rompre leurs digues
Par des bombes, des boulets.

Les Alliés.

Nicolas, pas d'insolence,
Parle donc plus doucement;
Apprends que l'omnipotence
N'est plus maîtresse en Orient.
Si tu veux faire la guerre,
Mesures bien tes canons,
Car la France et l'Angleterre
Iront camper près du Don.

Nicolas.

Je crains fort peu vos menaces,
Je suis le grand Nicolas,
Qui brave la mort en face
Pour agrandir mes états.
Vous verrez en ma puissance
Tomber l'empire Ottoman,
Qui n'aura plus d'espérance
Dans son fameux Alcoran.

Les Alliés.

Nicolas, pas de colère :
Nous avons Napoléon
Qui sait bien faire la guerre,
Et les enfants d'Albion;
Ils sauront te donner l'ordre
De respecter son terrain,
Et tu ne pourras pas mordre
Au pauvre sol Africain.

NICOLAS.

J'ai de la troupe tartare
Qui ressemble à Tamerlan ;
Avec cette horde barbare,
J'écraserai le Sultan.
Et puis mes braves Cosaques
Sauront bien jouer le tour,
Et vous tournerez casaque;
C'est aussi clair que le jour.

LES ALLIÉS.

Que d'orgueil et que d'audace,
Grand empereur Nicolas;
En vain tu fais la grimace,
Nous t'enverrons au trépas.
Nous irons sur ta frontière
Venger nos braves soldats,
Qui dorment dans la poussière,
Près de la Bérésina.

NICOLAS.

Peu m'importe vos bravades,
Je poursuivrai mon dessein ;
Ennemis ou camarades,
Je saurai lâcher le frein.
Je veux agrandir ma terre,
Pour acquérir un grand nom ;
Je ne crains point l'Angleterre,
Pas même Napoléon....

Les Alliés.

Enfin tu veux donc la danse ?
Eh bien! soit tu danseras ;
Mais prends garde à ta puissance,
Car ce sera la polka.
Et la trompette guerrière
Fera sauter tes états ;
Tu diras dans ta colère :
Je suis l'nigaud Nicolas.....

DÉPART POUR L'ORIENT.

Air : *Une charmante Jardinière.*

Avec orgueil, France chérie,
Prépare tes nobles lauriers,
Car, dans le sein de la Russie,
Vont s'illustrer tes fiers guerriers.
De Saint-Arnaud guide la gloire,
En le couronnant près du Don,
De ces palmes que la victoire (*bis.*)
Fit fleurir sous Napoléon.

Que ton drapeau, comme une aurore,
Guide enfin nos braves soldats ;
Que du clairon la voix sonore
Annonce l'heure des combats.
Et que l'aigle d'un vol rapide,

Vienne apprendre au grand Nicolas,
Que ton nom est toujours l'égide (*bis.*)
Des peuples comme des États.

Soldats, fiers soutiens de la France,
Faites briller avec orgueil
L'étendard de l'indépendance,
Qui du Czar doit faire l'écueil.
Quand vous foulerez ses frontières,
Dites, en passant la Wilna :
Voici le tombeau de nos frères ! (*bis.*)
Salut donc, ô Bérésina !

Noble Sultan, contemple, admire
Le peuple loyal d'Occident,
S'armant pour sauver ton Empire,
De l'usurpateur d'Orient.
Vois la France, toujours sincère,
Se liguer avec l'Albion,
Qui se montre jalouse et fière (*bis.*)
De suivre aussi Napoléon.

Nicolas, quelle erreur fatale
Te fait poursuivre tes projets ?
Crains que des plaines de Pharsale,
Tu n'éprouves le triste échec ;
Car, en dépit de la Russie,
Nous voulons rendre à l'Ottoman
Cette gloire que ton envie (*bis.*)
Veut enlever au grand Sultan.

LES ESPÉRANCES

DU GRAND NAPOLÉON.

AIR : *De la bataille d'Austerlitz.*

Quel beau jour pour la France
Paraît sur l'horizon :
C'est le jour d'espérance (*bis.*)
Du grand Napoléon,
Qui voit dans cette aurore
Un soleil tout nouveau,
Qui pour nous fait éclore
Son glorieux drapeau. (*bis.*)

Avec amour il guide
L'aigle, en ce jour heureux,
Qui prend son vol rapide (*bis.*)
Vers le Czar orgueilleux.
Il contemple, il admire
Ces nobles combattants,
S'armant contre l'Empire
Des Russes intrigants. (*bis.*)

Enfants, prenez courage,
Dit-il avec ardeur ;
Ne craignez point l'orage, (*bis.*)
Suivez avec honneur

La redingote grise,
Qui sut faire accomplir
Cette noble devise :
Il faut vaincre ou mourir. (*bis.*)

Que le phare de gloire,
En illustrant mon nom,
Reflète la victoire (*bis.*)
Sur mon fier rejeton.
Que le drapeau d'Arcole,
De ses nobles lauriers,
Forme enfin l'auréole
Sur le front des guerriers. (*bis.*)

Admirez la victoire
Des champs de Marengo,
Qui fit voler la gloire (*bis.*)
Jusqu'aux rives du Pô;
Et ces palmes si belles
De Wagram, d'Austerlitz,
Et les fleurs immortelles
De la paix de Tilsitt. (*bis.*)

Illustre et belle France,
Élève ta grandeur;
Ce beau jour d'espérance, (*bis.*)
Te promet le bonheur.
Maintenant que la gloire
Rappelle tes soldats,
Viens fixer la victoire
Au sein de leurs combats. (*bis.*)

VICTOIRE DE L'ALMA.

Air : *Je me souviens de l'île de Sainte-Hélène.*

Peuple Français, par des chants d'allégresse,
Applaudissez aux vainqueurs de l'Alma ;
Avec transports célébrez-les sans cesse,
Ces fiers enfants d'Austerlitz, d'Iéna.
Ouvre-toi, temple de mémoire,
Prépares tes nobles lauriers ;
Car les enfants de la victoire,
Vont en ceindre leurs fronts guerriers.

REFRAIN.

Ils sont vainqueurs, les enfants de la France,
Du fameux Nicolas ils brisent la puissance ;
L'aigle du grand Napoléon, (*bis.*)
Voit sur l'Alma refléter son beau nom.

Quel beau triomphe, en ce jour de victoire,
Vient illustrer nos valeureux soldats ;
Ne sont-ils pas héritiers de la gloire
Que fit briller le grand Léonidas ?
Quel beau lustre, ô France chérie,
Vient orner ton front radieux !
Sois donc fière, ô chère patrie,
Tes enfants ont rempli tes vœux. Ils sont, etc.

Les fiers Anglais, émules de la France,
Se sont montrés de courageux guerriers ;
Ils ont du Czar ébranlé la puissance,
Orné leurs fronts de fleurs et de lauriers.
Suivant le sentier de la gloire,
Le grand Arnaud et lord Raglan
Se verront inscrits dans l'histoire,
En sauvant les droits du Sultan. Ils sont, etc.

Bravant le feu, le fer et la mitraille,
Les Ottomans rivalisent d'ardeur ;
Sous nos drapeaux, au sein de la bataille,
Ils ont prouvé leur antique vigueur.
Les Russes mordent la poussière,
Leurs bataillons sont désunis ;
La mort, de sa faulx meurtrière,
En disperse au loin les débris. Ils sont, etc.

Sous des lauriers, guerrier incomparable,
Arnaud, tu meurs respecté des boulets ;
Noble héros, ta perte irréparable,
De tous les cœurs emporte des regrets.
Mais la France reconnaissante
Saura bien dans sa dignité,
Graver sur ta tombe vivante,
Sa gloire à l'immortalité.

Il est tombé, le fils de la Victoire,
Le vainqueur de l'Alma, meurt rayonnant de gloire,
Français, pleurons sur son tombeau, (*bis.*)
Éternisons la gloire du drapeau.

PRISE DE SÉBASTOPOL.

Air : *Peuple Français, admirons la clémence.*

Quel beau triomphe, enfants de la Victoire,
Vient couronner vos travaux glorieux,
Quel beau rayon et quel lustre de gloire,
Viennent briller sur vos fronts radieux.
Honneur à vous, sur ce lointain rivage,
L'écueil des Czars courbe son front altier,
Sébastopol cède à votre courage, (*bis.*)
Honneur et gloire au brave Pélissier.

Dans ce grand jour, nobles chasseurs et zouaves,
Vous brûlez tous de suivre votre ardeur,
Le clairon sonne, avec vous tous les braves
Vont à l'envi signaler leur valeur.
Suivant Bosquet, ô phalange guerrière,
De Malakoff vous bravez le plateau,
Et Mac-Mahon, sur cette tour altière, (*bis.*)
Fait arborer son glorieux drapeau.

Braves Anglais, malgré votre courage,
Le grand Redan résiste à tous vos feux;
Mais l'ennemi fuit devant votre ouvrage,
Et voit briser ce rempart orgueilleux.
Toujours unis aux enfants de la France,
Vous illustrez Pélissier et Simpson,
Et vos efforts, en ce jour de puissance, (*bis.*)
Seront toujours la gloire d'Albion.

Héros français, ô phalange invincible,
En poursuivant la fureur du combat,
Le Carénage éprouve un choc terrible,
Et voit tomber le grand Bastion du Mât.
Bastion Central, de l'arme vengeresse
Tu ne peux plus éviter la fureur,
Tombe, fléchis, ta fière forteresse (*bis.*)
Voit s'écrouler sa force et sa grandeur.

C'est près de toi, Redan du Carénage,
Que sont tombés des illustres guerriers :
Marolles meurt, et son noble courage,
Voit Pontevès couché sur des lauriers.
Brave Rivet, vrai type de vaillance,
Jeune Cassaigne, et toi digne Breton,
Avec Saint-Pol, vous illustrez la France, (*bis.*)
En expirant pour son glorieux nom.

Dans son système, imitant le sauvage,
Le Russe en vain, dans Karabelnaïa,
Brûle en fuyant et répand le carnage ;
Rien ne résiste aux vainqueurs de l'Alma.
Et poursuivant les Russes en furie,
Les forts Saint-Paul et de Saint-Nicolas
Sont préservés du terrible incendie ; (*bis.*)
Enfin la ville est à nos fiers soldats.

Fier Gorstchakoff, cette honteuse défaite,
Te force à fuir, passant la Tchernaïa;
Le fort du Nord, qui te sert de retraite,
De ce succès deviendra l'oméga.

Tu vois tomber l'orgueil de la Crimée,
L'aigle en ce jour repose enfin son vol,
Et nos guerriers, d'une voix assurée, (*bis.*)
Chantent, Français, à nous Sébastopol.

CHUTE DE SÉBASTOPOL.

AIR : *Il est tombé, le Fils de la Victoire*, etc.

En ce beau jour, le drapeau de la France,
De ses enfants signale les hauts-faits,
L'écueil des Czars est, malgré sa puissance,
Par nos canons foudroyé pour jamais.
Heureux succès de leur persévérance,
Sébastopol reçoit le coup fatal,
Gloire et louange aux enfants de la France, (*bis.*)
Honneur à l'aigle, emblème impérial.

Honorons tous cette vaillante armée,
Applaudissons à ses faits glorieux;
Sébastopol n'est plus dans la Crimée,
Le fier rempart des Russes orgueilleux.
Le grand Redan, aussi le Carénage,
De Malakoff suivent l'échec fatal.
Gloire et louange à leur noble courage, (*bis.*)
Honneur à l'aigle, emblème impérial.

Comme Illion, dans ce jour de victoire,
Sébastopol voit tomber sa grandeur ;

Comme les Grecs, les enfants de la gloire
Se voient inscrits sur le phare d'honneur.
Oui, Pélissier, en ce jour de puissance,
Au cœur du Czar porte le coup fatal.
Gloire et louange aux enfants de la France, (*bis.*)
Honneur à l'aigle, emblême impérial.

Oui, c'en est fait, l'orgueil de la Crimée
Vient de fléchir sous nos coups vigoureux ;
Ses forts altiers, vers la voûte azurée,
Frappent les airs en tourbillons de feux :
Non, pour le Czar il n'est plus d'espérance,
Car Gorstchakoff éprouve un coup fatal.
Gloire et louange aux enfants de la France, (*bis.*)
Honneur à l'aigle, emblême impérial.

LE RETOUR DU SOLDAT DE LA CRIMÉE.

Air : *Pierre a quitté son berceau, son village,* etc.

Je te revois, chère et noble patrie,
Oui, j'aperçois nos gracieux ormeaux
Où je goûtais, dans l'enfance chérie,
De chants joyeux, agréables et beaux.

Jour d'espérance,
O belle France,
Quoi donc, je revois mon pays,
Et mes amis.

Terre chérie,
O ma patrie,
Enfin, me voici de retour, (*bis.*)
Enfin, me voici pour toujours.

Ah! que de fois, du sol de la Crimée,
Je soupirais vers ton beau ciel d'azur;
Je m'enivrais dans la douce pensée
De respirer ton air serein et pur.
Jour, etc.

Je me disais, éloigné de la France,
Soldat, je veux combattre en vrai héros;
Dans ma patrie, un jour, plein d'espérance,
Je goûterai le bonheur, le repos.
Jour, etc.

J'ai su braver le fer et la mitraille,
Sébastopol éprouva ma valeur;
Je fus français au sein de la bataille,
J'ai couronné le noble champ d'honneur.
Jour, etc.

Sous des lauriers, garants de mon courage,
Je vous retrouve, ô parents bien-aimés;
O mes amis, mon berceau, mon village,
Je vous revois, mes vœux sont exaucés.
Jour, etc.

LE TOMBEAU DE L'ANARCHIE,

OU LA FRANCE RÉGÉNÉRÉE.

Réveil de la France opprimée.

O belle France, ô ma belle patrie,
Fais retentir partout des chants joyeux;
Réveille-toi, sors de ta léthargie,
Car apparaît l'aigle majestueux.
Lève-toi donc, orne-toi de ta gloire,
Parais brillante aux yeux de l'univers,
Ranime-toi, célèbre ta victoire,
De plus beaux jours vont remplacer tes fers.

Retour du Prince désiré.

Depuis longtemps, espoir de la patrie,
Nous soupirions vers ton heureux retour,
Tu reparais, par toi paraît la vie,
Qui nous promet l'éclat d'un plus beau jour.
Reviens, entends l'auguste Providence,
Qui par la voix de ton peuple chéri,
Veut pour jamais que cette noble France,
Puisse chanter ta louange à l'envi.

2 Décembre exalté.

De quelle gloire, ô prince magnanime,
Sont couronnés tes efforts généreux;

L'Europe entière, à cet élan sublime,
Sait exalter ton zèle courageux.
Tu viens de rendre à cette belle France,
Sa gloire antique et sa verte grandeur ;
Oui, dans son sein renaîtra l'abondance,
Et tu seras son orgueil, son bonheur !

Élévation à l'Empire réalisée.

Sur ce beau trône illustré de victoire,
Je te compare au cèdre de Liban,
Environné d'amour, d'honneur, de gloire,
Par tes sujets soumis, reconnaissants.
Ton noble cœur, ton esprit, ton courage,
Feront régner le bonheur et la paix,
Et l'aigle fier par son brillant plumage,
Nous redira sans cesse tes bienfaits.

Avenir de la France assuré.

Noble France, que tes palmes sont belles,
Que tes destins sont sublimes et grands ;
Ton front brillant de ces fleurs immortelles,
Prouve toujours ta grandeur en tout temps :
Allons Français dans ce temple de gloire,
Nous rallier sous l'emblème d'un nom,
Qui nous guida toujours à la victoire,
En chantant tous : vive Napoléon !!!

www.ingramcontent.com/pod-product-compliance
Ingram Content Group UK Ltd.
Pitfield, Milton Keynes, MK11 3LW, UK
UKHW020320220726
13923UKWH00003B/1278

9 782019 320164